생긴 대로
살아야지

생긴 대로 살아야지

부산 연제고등학교 학생 시 | 구자행 엮음

보리

차례

1부 엉터리 학교
–누구도 흉내 낼 수 없는 멋진 불평

2부 나는 부산대는 갈려나
—선생님, 식구, 친구 관찰

3부 짧지만 강렬한
—자연을 느끼는 감성

4부 아빠 지갑은 텅 비었다
—미안한 마음

엮은이의 말

일러두기

- 구자행 선생님이 2011년부터 2014년까지 가르친 부산 연제고등학교 학생들 시를 가려 뽑았습니다.
- 뚜렷하게 잘못 쓴 글자와 띄어쓰기만 바로잡고, 사투리와 입말은 되도록 그 대로 두었습니다.

1부
엉터리 학교

누구도 흉내 낼 수 없는
멋진 불평

흑인

나는 피부가 까만 편이다.
그래서 아이들이 흑인이라 놀린다.
초딩 시절엔 담임 쌤이
혹시 혼혈이냐고 진지하게 물었다.
그래서 난 하얘지기로 결심하고
선크림도 바르고
쌀뜨물로 세수도 해 봤지만
개뿔
똑같이 흑인이었다.
생긴 대로 살아야지.

생각만

서지민 2학년

시험 기간이다.
책상 위 종이가 어지러이 놓여 있다.
나는
그걸 몽땅 씹어 먹고 싶다.
아니 그냥 갈가리 찢고 싶다.
불태워 버리고 싶다.
재도 남지 않게
나는
종이처럼 가만 앉아만 있다.

소화기

원혜민 1학년

교실 앞 저 구석에 있는 소화기
뿌연 먼지가 쌓이도록
교실에 처박혀 있는 소화기

그래도 나는
저녁에는 교문 밖을 나갈 수 있으니
소화기보다는 조금 나은 것 같다.

창문 밖 노을

이예지 1학년

우와! 저녁 시간이다.
행복해하는 아이들
그런데 왜 나의 마음은
가라앉고 있을까.
고개를 창문으로 돌렸다.
해가 진다.
세상이 붉어졌다.
선생님들이 교문을 나서는 모습
나는 도대체 무슨 잘못을 했길래
집에 갈 때 이것저것 이유를 늘어놓아야 하나
또다시 하루가 스쳐 가고 있다.

웃을 권리

정민규 1학년

야자 시간 10분 남겨 놓고
내 짝이 장난을 쳤다.
터져 나오는 웃음
"어이, 거기 애들 나온나."
딱! 딱!
종아리에 빨간 줄만 남아 있다.
우리는 웃을 권리도 없는 사람이다.

까마귀

강승훈 1학년

시험 첫날
집 앞을 나서는 순간
까마귀가 보인다.
저 쌍노무 새대가리 새끼가
어딜 감히 수험생 집 문전에서 얼쩡거려.
부아가 치민다.
그러다 문득 깨달았다.
까마귀는 까맣게 태어났을 뿐인데
단지 까맣게 태어났을 뿐인데
사람들이 멋대로 나쁜 새라고 단정 지었다는 걸.
나도 날 욕하던 사람들과 다를 게 없다.

짜증 난다

박소영 2학년

시험이 사흘 남았다.

학교에서 내내 자습을 하고 학원에 갔다.

11시가 돼서 집에 돌아와 다시 책상에 앉았다.

수학 책을 펼치고 연필을 잡았지만 알 수 없는 문제들에

다시 책을 덮었다.

피곤한데 일찍 자야겠다 하고 침대로 가서 누웠다.

그런데 불을 끄자

좋은 점수에 기뻐하는 엄마,

학원 선생님 얼굴이 떠오른다.

괜찮아, 내일 더 많이 하면 돼.

하지만 이 시간에도

공부하고 있을 아이들이 문득 떠올랐다.

마음이 편치 않다.

잠을 잘까, 일어나 공부를 해야 하나?

짜증이 났다.

내가 왜 내 잠을 자는데

이렇게 걱정을 하면서 고민해야 하지.

난 왜 피곤한데 마음 편히 잠도 못 자지.
내가 왜 아이들과 그렇게 경쟁해야 하지.
짜증이 난다.
이런 마음을 가지는 내가 짜증 난다.

언행불일치

한경호 1학년

시험을 갈았다, 심하게.
엄마한테 말하기가 두려웠다.
그런데 엄마가 한 말이 기억났다.
"시험 성적이 낮아도 당당하게 살아라."
나는 당당하게
엄마한테 시험 성적을 말했다.
의외로 엄마가 웃음을 띠며
"괜찮아, 다음에 잘 치면 되지."
이 말이 끝나는 순간
엄마는 단소를 들었다.

펼침막

한동혁 1학년

서울대에 가지 못한 선배들은 잊혀졌는데
서울대에 들어간 선배는
우리 학교 교문 위에서
아직도 자랑스레 펄럭인다.
언제까지 우려먹을까.

조퇴

김동환 1학년

고등학교에 들어와서
처음으로 조퇴를 했다.
오랜만에 밤이 아닌
낮에 학교를 나오니까
기분이 상쾌하다.

아이들

김재환 1학년

5교시 나른한 수업 시간
창틀 넘어 밝은 얼굴로
축구하는 초딩 아이들을 바라본다.
저 아이들도 몇 년 뒤엔
나처럼 어두운 얼굴을 하고
창틀 넘어 축구하는 아이들을 보면서
부러워하겠지.

엄마

임현성 1학년

엄마랑 또 싸우고 있다.
평소에 하시는 말씀이 부담스럽다고 했다.
그러자, 다 너 잘 되라는 말이라고
엄마는 너밖에 없다고 하신다.
내 인생도 책임지기 힘든데
엄마 인생까지 책임져야 하나?

시험 그 후

서혁진 1학년

처벅처벅 빗속을 걷는다.
우산을 가져오지 않았다.
우산 안 가져오길 잘한 것 같다.
어릴 때부터 기분이 안 좋을 때는
빗속을 걸어 보고 싶었다.

걸으면서 생각한다.
'이렇게 살면 안 된다' 하고
계속해서 빗속을 걷는다.
걸으면서 생각한다.
'결국 난 이 정도인가.'

야자의 구성

이정희 1학년

야자 시간 아이들은
소설의 구성대로 움직인다.

발단—7시
저녁을 먹고 난 뒤
뒤따라오는 포만감을 뒤로한 채
공부에 몰입하는 아이들

전개—7시 30분
중간 몇몇 자는 애들도 있지만
학원에서 나눠 준 프린트물을
열심히 푸는 아이들

위기—8시
저녁이라는 약 효과가
떨어지는 듯하더니
선생님 눈치를 보며

몰래 교실을 빠져나갔다가
입가에 과자 부스러기를
묻혀 오는 아이들

절정-8시 27분
야자가 끝나기 채 30분도 안 남긴 채
벌써 가방을 싸고 얘기하고 있는데
선생님께 혼나고
다시 책을 꺼내어
대충 훑어보지만
마음만은 교문 밖을 나서는 아이들

결말-9시 2분
정독실에서 공부하다가
신발 가지러 올라오면
이미 아무도 없는 복도

부엉이

임경민 1학년

현관문을 열고 들어갔는데 조용하다.
모두 꿈나라에 있다.
다들 자는 밤에 집에 오니
내가 부엉이가 된 기분이다.

도대체 왜

정혜민 1학년

고등학교에 와서
해를 본 적이 거의 없는 것 같다.
선생님의 말대로
어둠의 자식이 되어 가는 기분이다.
도대체 왜
고등학교는 밤늦게 마쳐야 할까?

면회

황민정 1학년

하루 16시간을
학교와 학원에서 생활한다.
학원 마치고 집에 오니
모두 자고 있다.
다음 날 아침이나 되어서야
볼 수 있는 우리 가족
면회 가듯 다녀오는 집

살고 싶다

정예린 1학년

고등학교에 입학을 했다.
3년은 죽었다 하고 공부만 하란다.
아, 살고 싶다.

엄마의 허황된 꿈

송민준 1학년

시험이 다가오고 있다.
엄마가 공부를 하라 한다.

그러면서 하시는 말씀이
"평균 90점은 넘어야지."

참 우리 엄마 꿈도 크지
평균 90점이 기본이란다.
어이가 없어 웃음만 나온다.

아무리 등급제라 하여도
무조건 90점을 넘으란다.
답답해 미칠 지경이다.

왜 항상 억지스런 자신의 기준으로
날 평가하는지 모르겠다.

이 억지스런 엄마의 허황된 꿈은
나를 너무 작은 놈으로 만든다.

감시

함소연 1학년

중간고사를 치고 난 뒤
엄마는 나에 대한 감시가 심해졌다.
야자 시간에 공부한 것을 검사 맡으란다.
참 나. 나도 나름 고등학생인데
이 정도로 감시를 하다니.

깜빡깜빡

김진희 1학년

야자를 마치고
차가운 바람을 뚫고
집으로 걸어간다.

오늘 하루가 드디어 끝났다는 허탈함에
지친 몸으로 생각 없이 걷는다.
건물 간판들이 깜빡깜빡
하루 종일 깜빡거린다.

나는 또 아무 생각 없이
생각 없이 깜빡이는 간판들을 바라본다.
서로가 바라본다.
생각 없이.

간판도 하루 종일 깜빡거려서
나처럼 생각 없이 지쳐 있다.

위로

강동호 1학년

중간고사 점수가 나왔다.
수학 54.9
짜증난다.

학원에 갔다.
"오엠알 답안지 잘못 적었나?
이러면 부모님 어떻게 보냐."
"죄송합니다."

집에 왔다.
"니가 만족스러우면 점수는 상관없다."
하지만 모습은 전혀 아니다.
담배 피우러 가는 아버지
"과외라도 붙여 줄까?"
묵묵히 내 방으로 간다.

누구도 내 맘을 모른다.

한 번만이라도 위로를 받아 보고 싶다.

엄마의 전화

김희진 1학년

학교를 마치고 집으로 가는 길
친구들은 무슨 일이 그렇게들 많은지
다 먼저 가 버리고 혼자 거리를 나섰다.
학교 앞 좁은 골목길을 벗어나니
화려한 간판들이 번쩍인다.
빨강 노랑 주황 색깔도 다양한데
새까만 뿔테 안경에 새까만 스타킹에
새까만 가방을 멘 나는 왜 이렇게 초라한지
뒷골목 낡은 국수집에도 사람들이 왁자지껄 소란인데
나는 혼자 걸으며 뭘 하는 건지
왠지 우울하고 씁쓸해졌다.
그때 주머니 속에서 빛이 났다.
내 스마트폰
얼른 꺼내 보니 엄마다.
붕어빵 사 오란다.
내 걱정하는 말도 아닌데 기분이 좋아졌다.
집에 갈 때까지 번쩍이는 스마트폰을 귀에 대고

왁자지껄 걸어갔다.

페이스북

홍경란 1학년

친구들끼리 모여 밥을 먹고 쉬고 있었는데
애들을 둘러보니 하나같이 휴대폰을 만지고 있었다.
그것도 하나같이 페이스북을 하면서 말이다.
같이 먹은 음식 사진을 찍어 올려놓고
그 사진에 댓글을 달며 대화를 하는데
바로 옆에 딱 달라붙어 있으면서
글로 대화를 나누는 게 보기 좋지 않았다.
나도 그들 중에 하나였는데 말이다.
감정 없는 대화를 나누는 게
스마트폰 폐해인 것 같다.
나부터 휴대폰 화면보다 친구의 눈을 봐야겠다.

카운트다운

윤영서 1학년

시험 끝 5초 전

4, 3, 2, 1, 0

학교 밖으로 질주

멀어질수록 발은 가볍고 빨라진다.

아! 살 것 같다.

방학

김소희 1학년

시바, 방학이 더 바쁘다.
7시 50분에 나가서
학교 보충에, 학원 두 개 뛰고
드디어 쉰다.

엉터리 학교

박소영 1학년

학교는 엉터리다.
화장실 갔다 온다고 수업 시간에 조금 늦었다.
시간은 금이라고,
시간 좀 잘 지키라고,
수업 시간을 왜 지키지 않느냐고,
수업 종 치면 자리에 앉아 있는 게 맞지 않냐고
선생님의 잔소리는 길게 늘어졌다.
그런데 수업 마치는 종이 치고
선생님은 달라진다.
딱 1분만 더 한다고 우릴 잡아 놓는다.
그렇게 시간 잘 지키라며,
수업 시간 잘 지키라 하고,
왜 쉬는 시간은 지켜 주지 않는 거지.
수업 종 치면 자리에 앉는 게 맞는 것처럼
쉬는 시간 종이 치면 쉬어야 하는 것 아닌가?
순 제멋대로다.

1분

문해성 2학년

아침 5시 59분
겨울이라서 더럽게 어둡다.
아직 알람이 울리는 6시가 오지 않았다.
알람이 울리기까지는 1분
그 1분을 따뜻한 침대에서 버틴다.

6시 15분
아, 망할 잠을 더 자 버렸다.
얼른 밥을 먹고 씻고 옷을 입고 지하철로 튀어 간다.
쌍, 지하철을 놓쳤다.
집에서 학교까지 멀어 죽겠는데

지하철을 타니
오늘 따라 사람이 많이 타서 시간이 더 걸린다.
덜컹덜컹, 지각할까 걱정인데 소리는 더럽게 시끄럽다.
지하철에서 내려 죽도록 튄다.

7시 56분, 또 지각이다.

기분이 씁쓸하고 안 좋다.

학생증을 찍고

허무한 마음으로 계단을 올라가는데

갑자기 웃음이 나온다.

매번 이러는 내가 생각나서.

자유

김진우 2학년

나는 1인 게임 개발자가 꿈이다.

게임을 개발하려면

기획 아트 프로그래밍이 필요하다.

그러나 나는 아트만 모른다.

고민하다 게임 학원을 다니기로 했다.

기초 드로잉부터 시작했다.

강사가 이렇게 말했다.

"가슴은 B컵 이상으로

상반신은 앞으로 빼고

엉덩이는 크게 하고 뒤로 빼라."

이것은 분명 게임 회사가 좋아할 디자인이다.

오직 수익을 위해 디자인하는 듯 보였다.

사흘 만에 게임 학원을 그만두고

독학하기로 결심했다.

나는 마음껏 상상력을 펼치면서 디자인하고

그저 플레이어가 즐기고 행복해하면 만족한다.

나는 회사가 아니다.

잘 참았다

서지욱 2학년

누군가 깨우는 목소리에 눈을 떴다.

시계를 보니 7시 10분을 가리키고 있다.

옆에는 전날 밤에 술을 마셔

아직도 술이 덜 깬 아버지가 누워 있다.

"넌 왜 깨워 주지 않으면 일어나질 못해.

아침에 일찍 일어나라고 그렇게 말했는데.

밤에 왜 잠을 안 자나."

누가 들으면

평소에 혼자 일어나 학교도 못 가는

그런 놈으로 착각할 만한 잔소리를 늘어놓는다.

순간 울컥했지만

그냥 참고 조용히 머리를 감았다.

어찌됐든 내가 못 일어난 거니

그러려니 하고 넘겼다.

착한 아이

이희향 2학년

어른들 말 잘 들어라
어른 말 잘 들어야 착한 아이지
어릴 때부터 배워 온 대로
착한 아이였는데

우리가 배운 건
착한 아이가 되는 법이었을까
생각을 없애는 법이었을까

2부

나는 부산대는 갈려나

선생님, 식구, 친구 관찰

학원 선생님

김동휘 2학년

시험공부를 하다
배가 고파서 근처 편의점에 갔다.
편의점 가는 골목 닭집에서
학원 선생님이 친구들이랑 술 한잔하셨는지
가게 밖에서 술 냄새를 풍기며
담배를 피고 계셨다.
깍듯이 인사를 하고 지나가려는데
나를 붙잡아
자기 아들 고려대 못 갔다고 하소연을 한다.
지금이라면 한 대 때려도
술기운에 묻혀 모르지 않을까?
그래도 선생님이기에 묵묵히 들으며
영혼 없는 대답을 한다.
나는 부산대는 갈려나.

어른들

이상훈 1학년

어른들은
자신의 경험을 가르쳐
세상을 바꿀 수 있을 거라 생각한다.
순수하신 건지
우릴 과대평가하는 건지.

담임 선생님

윤지환 1학년

담임 쌤이 반에 들어온다.
들어와서는 고작 하는 말이
"집에 가."
뭐가 그리 바쁜지
아니면 뭐가 그리 귀찮은지.

수2 쌤

백지원 1학년

들어오자마자 바로 칠판에 문제를 푼다.

혼자서 열심히 문제 풀이를 하신다.

"이게 아주 요상합니다."

하는 말을 자주 쓴다.

무뚝뚝한 쌤이 한 번씩 개그를 한다.

'해를 구해라' 하는 문제를 읽고

"달을 구하면 안 돼요." 하신다.

개그도 개그 같지 않아

애들은 못 알아듣고 그냥 넘어간다.

김성수 선생님

점심시간에
여자애들이 고데기를 하고 있었다.
그런데 갑자기 뒷문으로
김성수 쌤이 들어오셔서
니네 고데기 하냐?
나도 좀 빌리자고 하셨다.
다른 선생님들은 뺏기 마련인데
직접 의자에 앉아서
거울을 보고 고데기를 하는 것이다.
심지어 하다가 데이기도 하셨다.

나가!

조주영 1학년

수학 수업이 항상 5, 6교시다.
수준별 수업이라 항상 같은 선생님이다.
선생님은 항상 같은 바람막이를 입고
항상 같은 말을 하며 들어오신다.
"나가, 나가, 공부하기 싫은 놈은 나가!"
아직 수업 시작도 안 했는데
선생님 오신 지 1분, 종친 지 3분
옆 분단 아이 셋이 복도로 나갔다.
썰렁해진 분위기
"쌤, 바막 진깔이에요?"
누군가 던진 농담에
선생님은 당나귀 웃음과 함께 수업을 시작한다.
바람막이를 입은 동키를 닮은 선생님
오늘도 느릿한 말투로 허공을 보며
혼자서 자문자답 수업을 한다.

야자 풀방

김지엽 1학년

우리 반 오지현이 계단에서 굴렀다.

발이 부어올랐다.

오지현은 담임 샘한테 갔다.

"병원 가게 야자 좀 빼 주세요."

"안 돼 임마!"

오늘도 우리 반은 야자가 풀방이다.

만족스런 담임의 표정

막무가내 야자 방식이 최고인 줄 안다.

그럴 거면 왜

이재형 1학년

"반장! 쌤이 교무실로 오래."
친구의 말에 후다닥 뛰어갔다.
자리 배치 어떻게 바꾸는 게 좋겠냐고 물어보셨다.
내 생각을 말했다.
그런데 자리는 선생님 마음대로 바꿨다.
그럴 거면 왜 물어본 걸까?

"반장! 어제 애들이 많이 떠들었다고
정보가 들어왔는데?"
선생님이 야자 시간에 물어보신다.
"끝나기 전에 조금 떠들었습니다."
"거짓말하지 마라."
안 믿을 거면 왜 물어본 걸까?

영어 선생님

최아정 1학년

영어 시간이다.
쌤은 애들을 쭉 둘러보시다가
꼭 한 명을 붙잡고 꼬투리를 잡는다.
그러다가 자신의 과거 얘기로 빠진다.
40분이 지났다.
쌤은 이제 수업을 시작한다.
"이제 진짜 진도 나간다. 자지 마라."
이 얘기에 또 5분이 흐른다.
이제 10분 남았다.
이 10분 동안 반 바닥을 나간다.
그걸로 부족하니까
쉬는 시간에도 진도를 나간다.
이래 놓고 다음 시간에
우리 반이 진도 제일 느리다 그런다.

선생님

유성훈 1학년

아이들이 궁시렁대는 소리를 내면
어김없이 교탁을 탁! 탁! 치며
조용히 하라고 한다.
제일 시끄러운 건 선생님인데

총잡이

황민우 1학년

앞문이 열린다.
가죽 자켓 깍두기가 들어온다.
"고개 들어라 임마."
"반장!"
"차렷! 경례!"
지옥 시작이다.
'시간의 방'이 돼 버린 것이다.
1분이 10분이 돼 버린 것만 같은

한 날은 가슴에서 총을 꺼낸다.
쏜다.
'어, 진짜 나가네.'
몇 발 더 쏴 본다.
이건 더 이상 수업이 아니다.
우리는 과녁이 돼 버렸다.

또 어느 날이었다.

그날은 교무실에 노점상이 들른 날인데
왠지 기분이 쌔했다.
교실 문이 열리고 깍두기가 들어선다.
고개 떨군 친구 앞에 서더니
주머니에서 막대기 같은 것을 꺼낸다.
딱! 케이스를 벗겨 보니
일제 사시미 칼이다.
영화에서 조폭이 들고 다니는 것이다.
문제는 자연스럽다는 것이다.

하필 그날은
일제시대를 배우는 날인데
조상들 기분을 조금은 이해할 수 있을 것 같았다.
손이 떨려 필기를 못 했다.
조상들도 이랬을까?

영어 감마반

차영주 1학년

수업 종이 치자마자
교실로 들어오는 다리만 얇은 선생님
인사하자며 인사를 한다.
고개를 한참 동안 숙이고 있는 모습을 보고
우리는 웃음이 나온다.
"야이 망할 년아!"
볼록한 배에서 나오는 우렁찬 소리
갑자기 튀어나오는 고함 소리에
깜짝깜짝 놀랜다.
영어 문장을 읽다 꺼억, 크게 트림도 한다.
그래 놓고 안 한 척 더 큰 목소리로 읽는다.
지루한 수업 시간 졸고 있으면
'야이 잠 년아!'로 시작해서
끝은 항상 '망할 년'으로 끝낸다.

배산여상

원혜민 1학년

40대라고는 믿기지 않는
하얀 물광 피부
그 피부의 비결이 결혼 안 하고
애를 안 낳아서라고 말하던 선생님은
상고에 가 본 적이 없는 것 같다.
좀 떠드는 소리가 들리면
"너희가 상고니?"
"양아치니?"
목에 핏대를 세운다.
요즘에는 배산여상이냐고도 묻는데
도대체 거기가 어디지.

영어 선생님

조성주 1학년

선생님이 들어오시면
수업 준비를 마치고 꼭 둘러본다.
"바로 앉아라." 하는 데 20분
애들 별명 부르는 데 20분
수업은 10분, 15분
쉬는 시간 종이 쳤는데
수업이 끝나질 않는다.
다른 반에서 수준별 수업 하고 온 친구들이
문 밖에서 떨고 있다.

한국사 선생님

김재영 1학년

수업 종이 친다.
빠른 속도로 선생님이 들어온다.
그리고 인사를 하자마자
바로 책을 펴라고 한다.

수업이 시작되고
몇 분 후 주위를 둘러보면
모두 고개를 숙이고 있다.
운 없는 몇 명은 맞는다.

수업 중 언제나 들리는 소리
"새대가리 다 들어라!"
항상 새대가리다.
하필 많은 동물 중에 왜 새일까.

걸림돌

변영환 1학년

야자 하는 데는 세 가지 걸림돌이 있다.
밧데리, 잠 그리고 선생님이다.
밧데리는 충전하면 되고
잠은 자면 되는데
정말 이것들은 답이 없다.
딱히 나는 야자를 째는 편은 아니지만
이것들은 정말 쓸데없이 돌아다닌다.
자기들은 야자를 왜 째느냐 물어보지만
참 나, 자기들은 그 이유를 모르나 보다.
당신들 때문이다.
아이들이 떠들 때 시끄럽다고 하는데
나는 네가 작대기로 두드리는 게 더 시끄럽다.
선생님만 없어도 야자가 편해질 것 같다.

선택

노상우 1학년

수업 시작한 지 5분

학생 두 명이 뒷문으로 들어온다.

선생님이 부른다.

"이리 와."

그리고는 말한다.

"1번, 2번, 3번, 4번 골라."

"2번이요."

"오른손? 왼손?"

"왼손이요."

그리고는 퍽, 아아, 아악

수업 시간에도 마음에 안 들면 때린다.

때리는 걸 즐기는 것 같다.

본보기 과녁

김현오 1학년

영어 C반 수업이다.
담임 영어 시간인데
가정 프린트 안 낸 사람 나오란다.
나갔더니
화내면서 주먹으로 펀치 기계 치듯 4대 친다.
다른 애들은 웃으면서 3대 민다.
억울하다.

애들이 잘 무렵에
나에게 온다.
이거 왜 안 썼냐며
주먹으로 머리를 친다.
여기에 썼다고 하니
알아들을 수 없는 소리로 화를 내며 간다.

아무래도 키와 덩치가 큰 내가
본보기 과녁으로 찍혔다.

억울하다.

아빠와 용돈

이녹현 2학년

우리 아빠는
다른 아빠들하고 좀 다른 것 같다.
다른 아빠들은
엄마 몰래 용돈을 주는데
우리 아빠는
엄마 몰래 슬쩍 와서
돈 있으면 좀 빌려 달라고 한다.
바로바로 다시 주기는 하지만
돈 갚을 때는
조금 더 얹어서 주면 좋으련만.

아빠

김경환 2학년

주말이 왔다.

오늘도 11시에 일어났다.

일어나면 아빠가 반겨 주면서 장난을 건다.

잠이 덜 깨서 난 짜증을 냈다.

"니랑 안 놀아. 나 삐졌다."

그러면서 소파로 가 버린다.

나는 아빠 달래러 소파로 가서

곧바로 아빠 다리에 누워 버린다.

아빠가 끌어안아 준다.

나는 그런 아빠가 좋다.

오빠

성채윤 2학년

오빠가 컴퓨터를 하다가
갑자기 소리를 질렀다.
우하하하하
실성한 것처럼 웃는다.
드디어 미쳤나 하고 가 보니
화면에는 알 수 없는 문서가 보인다.
자세히 보니 미칠 만하네.
나도 오빠를 때리며 크게 웃었다.
오빠도 나를 때리며 크게 웃는다.
병무청 홈페이지를 보고 크게 웃는다.

큰언니

신다은 2학년

언니가 생일 선물로
내 신발을 사 준다고
백화점에 갔다.
"다은아, 이거 어떤데?"
"별로. 완전 이상하다."
"언니야, 이건?"
"이게 뭐고? 남자 거 같구만."
한 바퀴 두 바퀴 세 바퀴
언니는 힘들다며 앉아서 쉬잔다.
"이모가 엄마를 너무 힘들게 하네.
아무거나 좀 사지!"
아차, 언니는 임신 5개월쨌는데.

언니

김소란 2학년

언니가 새 화장품을 샀다.
언니 몰래 다른 통에
그 화장품을 담아 쓴다.
아침에 언니가 자고 있으면
언니가 책상 안에 숨겨 둔
과자를 꺼내 간다.
그래도 언니는 못 본 척해 준다.
언니는 모든 걸 알고 있겠지.

동생

김지연 2학년

우리 동생은 싸가지가 없다.
싸울 때 어디서 배운 싸가지냐고 하면
니한테 배운 거라 소리 지른다.
할 말이 없다.
맞는 말이다.
하지만 내가 엄마랑 싸우고
문을 꽝 닫고 들어오면
조용히 따라 들어와
솔직히 이건 엄마가 너무했다며
내 편을 들어 준다.

동생

김혜진 2학년

현관문을 열자마자
아버지 고함 소리가 들려온다.
성적이 떨어져 동생이 혼나고 있다.
"이 성적으로 커서 뭐가 되겠노."
나는 마냥 듣고만 있는데
동생은 눈물을 뚝뚝 흘리며
방으로 들어간다.
뭐라고 위로라도 해 주고 싶어
따라 들어갔으나
서럽게 우는 동생을 보고
아무 말도 못 하고 도로 나왔다.
괜찮아 성적이 다가 아니야.
잘될 거야 울지 마.

동생

방지은 2학년

심야 자습을 하고
집으로 돌아가는 길에
혼자 가기 외로워
엄마한테 전화를 걸었다.
"엄마, 혼자 가고 있는 딸
데리러 오면 안 돼?"
"혼자 씩씩하게 걸어오면 안 돼?"
그러고는 전화를 툭 끊어 버렸다.
속상해서 앞도 안 보고
모잘 쓰고 걷는데
누가 내 가방을 들며
"무슨 여자가 가방이 이렇게 무겁냐."
고개를 드니 동생이다.

턱 쿠키

김민석 2학년

우리 반 정현이는 턱이 길다.
아무리 생각해도 너무 길다.
그래서 애들이 '턱 쿠키' 하면서 놀리는데
나도 한 번씩 놀린다.
그렇게 놀리면
정현이는 턱으로 우리를 찍는다.
그렇게 턱으로 찍히면
차에 치인 것보다 더한 아픔이 느껴진다.
정현이 턱은 혁명이다.

민덕이

조규상 2학년

우리 반 민석이는 발음이 후지다.
ㄹ 발음이 전혀 안 된다.
'라리루레로'를 시키면
'다디두데도' 한다.
'승필이'를 부르면
'등필이' 한다.
이런 민석이가 귀엽다.

친구

정정모 2학년

내 친구 채언이는
우리 집 5층 위에 산다.
아침마다 만나서 같이 학교로 간다.
그런데 채언이는 시간을 어기고
미안하다는 말도 하지 않는다.
나는 약속 어기는 것을 굉장히 싫어하기에
아침마다 화가 난다.
그래도 평생 볼 친구이기에
오늘도 아무 말 없이
같이 담배 한 대 피고
학교로 왔다.

시험공부

고승국 2학년

나는 공부를 못 한다.

그래서 보승이가 가르쳐 주기로 하였다.

지만 믿고 따라오면

상상 이상의 결과를 준다고 하였다.

연락을 줄 테니

맘 놓고 기다리라고 해 놓고

시험 당일까지 아무 소식이 없었다.

재완이의 소망

김성환 2학년

재완이에게는 꿈이 있다.
언젠가 한 번
크리스마스에 여자 친구와
웃으며 손을 잡고 걸어가는
그날이 오는 꿈

자기 말로는
숨어 있는 진주마냥
누구든지 자신의 매력을 발견하면
개미지옥처럼 빨려 들어가
헤어 나올 수가 없을 거라고 하지만
지난해 3월 새 학기가 시작되고
재완이는 아직도 여전히 혼자다.

이토록 절실한 재완이의 소망을
왜 하나님은 몰라주실까?
더 안쓰러워지기 전에

해일 같은 폭풍매력을

누군가 알아주기를

하나님

기도하옵나이다.

다나의 눈썹

이진주 2학년

다나는 내 앞자리다.
아침마다 내 앞에
다나가 아닌 이상한 아이가 앉는다.
분명 옷은 다나 옷인데
헝클어진 머리에
노란색 피부
눈썹도 없다.
애들은 모나리자라 놀린다.
점심시간이 다가오면
슬슬 다나로 변신한다.
선크림을 바르고
눈썹을 그리면
드디어 다나가 된다.
난 다나가 참 좋다.

내 짝지 김수린

민지연 2학년

나는 잠이 많다.
그래서 수업 시간에 가끔 잔다.
그런 나를 보고
내 짝지 수린이는
"야, 또 너 때문에 잤잖아." 한다.
웃기고 있네.
실은 지도 자고 싶었으면서
짝지는 굳이 내가 아니어도
잤을 거면서.

예진이 발목

배지민 2학년

예진이가 계단을 방정맞게 내려가다
마지막 둘째 칸에서 아! 하면서 넘어졌다.
우리는 그런 예진이를 보고 웃다가
내려가서 다리를 주물러 주었다.

예진이는
발목을 다쳤는데
왜 다리를 주물러 주냐고
아픈 와중에도 입은 살아서

다령이가 예진이를 업고
보건실로 가는데
식혜, 하면서
먹고 싶다고 눈치를 주었다.
아픈 와중에도 입맛은 살아서
식혜를 다 마시고 보건실로 갔다.

아픈 와중에 마신 그 식혜는

무슨 맛이었을까?

성빈이

배병규 1학년

내 짝지는 태권도부 성빈이
성빈이가 하는 일은 딱 두 가지
하나는 초등학교 수준의 영어 단어 쓰기
또 하나는 자는 것이다.
한 팔은 앞으로 쭉 내밀고
심각한 표정에
입이 항상 툭 튀어나와 있다.
가끔은 자다가 방구를 끼기도 하는데
자기는 그걸 모른다고 한다.
민망해서 발뺌하는 건지
진짜 모르는 건지 알 수가 없다.

병준이

황찬종 1학년

오늘 병준이와 여러 애들까지
야자를 쨌다.
그런데 가는 도중 내내
병준이가 징징거린다.
쌤한테 걸릴 것 같고
숙제도 해야 된다고.
그러다 당구장에 도착했는데
병준이가 거기서
수학 문제를 푸는 것이 아닌가.
나는 그렇게나 웃기고 황당한 경우를
본 적이 없다.

대웅이

권민성 2학년

이른 아침
조조 영화를 보기 위해
서면으로 갔다.
서면은 한산했고
할머니 한 분이 우리에게 다가왔다.
"학생 조금만 도와줘."
할머니는 우리를 간절히 쳐다봤다.
나는 망설였지만
친구는 선뜻 오천 원을 건네 드렸다.
순간 내가 부끄러웠고
대웅이가 달라 보였다.

지하철

이현우 1학년

지하철에 앉아 있었다.
백발의 할아버지가 들어오신다.
"여기 앉으세요."
"나 아직 안 늙었어. 버릇없는 놈."
버릇없는 건 아닌데

석훈이의 드립

김용진 2학년

석훈이와 눈이 마주쳤다.
그러자 혼자 실실 웃으면서 따라온다.
왜 자꾸 따라오냐고 물으니
날 미행하는 중이니 조용하란다.
참 더럽게 재미없다.

시험 기간일 때 시험 범위를 물었더니
책에서 나와요, 하고 드립을 치고
다음 시간 뭐냐고 물으면
수업 시간이라고
또 더럽게 재미없는 드립을 친다.

옷 뒤에 스티커를 붙여 놓고
상대방이 그 사실을 모르면
대성공이라며 호호거리면서
자기만족을 느끼고 걸어간다.
그런 석훈이가 참 재미가 없다.

3부

짧지만 강렬한

자연을 느끼는 감성

꽃눈

남지영 2학년

화사한 봄날
하늘하늘 꽃눈이 내린다
겨우내 참아 두었던 분노를
한꺼번에 터트리는 꽃눈
짧지만 강렬한

나뭇잎

김진희 2학년

나도 새로 태어났는데
나도 파릇파릇하고 푸르른데
모두들 솜 같은 저 아이를 보고
마치 박물관에 온 것처럼 감탄한다.
나는 저 아이가 거의 질 때쯤
그냥 산을 푸르게 하는 일부로 쓰일 뿐.
순간의 아름다움이
사람들은 더 좋은가 보다.
나도 힘들게 태어났는데
나도 봄의 향기를 마시며 푸르른데.

배산

최승현 2학년

이곳은 섬이다.
옛날 옛적 호랑이가 담배 피던 시절엔
'산'이라는 이름이었다고 한다.
하지만 내 눈엔 섬으로 보인다.
오르면 오를수록 도로와 아파트가 보이고
도시에 둘러싸여 있는 모양새가 거북이 등껍질 같다.

현대인 눈에는 이미 산은 없다.
산으로 오르는 것이 낯설고
산을 잃은 지 오래다.
단지 휴양지일 뿐이며 섬일 뿐이다.
푸른 녹음과 꽃이 만발한 관광지일 뿐이다.
한 발 내디딜 때마다
자연이 아닌 인간의 손밖에 안 보인다.
이건 산이 아니라 섬이다.

산에 올라

변영환 2학년

공부 시간에 야외 학습을 했다.
산 정상에 올라갔다.
전망이 탁 트여 풍경이 시원하다.
꽃이 만발하게 피어 있다.
고등학생들의 인생도 이렇게
탁 트였으면 좋겠다.

봄이 오는데

허진혁 2학년

새봄이 피어났다.
흙 냄새, 꽃 냄새가 나무를 타고
이름도 모르고
자세히 보아야 보이는 것들이
봄을 준비한다.
봄을 즐긴다.

나는 봄의 작은 기쁨을 느끼는데
철조망 속 아이들은 이것을 알까?
나는 저 푸른 새소리를 듣는데
자동차 타고
수업 듣고
뛰어다니는 사람은 이것이 들릴까?
봄이 피어나고 있는데

벚꽃잎

박하빈 2학년

나는 하나의 꽃잎이다.
나뭇가지에 붙어 아름다웠던 꽃잎이다.
바람이 불자 나는 떨어졌다.
바닥에 떨어지자
사람들은 나를 밟고
벌레들은 내 몸 위를 기어 다닌다.
나는 으스러진다.
으스러지고 부서지다 땅이 되었다.
나는 거름이 되었다가 다시 생명이 되었다.
생명을 다시 꽃피운다.
나는 하나의 꽃잎이었다.

여전히 겨울

이재형 2학년

야외 수업을 나와 주변을 둘러보니
사방에 벚꽃나무가 서 있다.
봄이 왔나 보다.
등산 나온 사람들과 끌려 나온 개들
날씨가 따뜻해졌다.
진짜 봄이 왔나 보다.
그런데
시험 19일 남은 나의 가슴은
여전히 겨울이다.

벚꽃이 지네

김지원 2학년

벚꽃이 지네
공부하고픈 내 마음도 지네
등수도 지네

흔들리는 산

차현욱 2학년

배산에 올라간다.
벚꽃이 흔들린다.
소나무가 크게 흔들리고
제비꽃은 작게 흔들린다.
모든 것이 흔들린다.
모든 것이 흔들리니까
내 마음도 바람 따라 흔들린다.

제비꽃

성대환 2학년

산을 오르는데 제비꽃 군락이 있다.
한 곳에 모여서 핀 작은 꽃들
봄이 온 것을 알려 주려고.
작지만 작아도 꽃이다.
그 작은 것이 이렇게도 아름답다니.

어린 소나무

임현성 2학년

진달래에 둘러싸인
자그마한 소나무
언젠간 내 키보다
커질 테지만
본색을 감추고
귀여운 척을 하고 있다.

배산 이야기

옥장민 2학년

배산에 올라오니
보이는 게 참 많다
작년 담임 선생님의 머리 같은
텅 빈 산
누군지 모르는 분의
무덤을 밟고 올라 웃는 동길이
그 옆에서
사진만 죽어라 찍는 태수
초록색 흰색 분홍색이
우리 반 아이들과
어우러진 산
배산에 올라오니
수많은 이야기가 생겨났다.

산으로 가는 길

임경민 1학년

식곤증이 쏟아지는 5교시.
선생님이 들어오신다.

"애들아 산에 가자."
선생님 말씀에
아이들이 신이 나서,
"가요. 가요." 한다.

밖으로 나오자
따뜻한 봄바람이
교실에서 나온 힘들고 지친 영혼들을
반겨 준다.

울퉁불퉁한 돌
푹신푹신한 흙을 밟고
정상 가는 길

올라갈수록

학교가 멀어지고

내 눈에는 우리가 사는 세상이 보인다.

개미

허석규 2학년

점심을 먹고 산에 오르니
벚꽃나무 벚꽃이 내리네.
떨어진 꽃잎에 눈길을 주니
일하는 개미가 눈에 들어온다.
즐거워 보이는 개미가
부러워지는 순간이다.
학교만 가는 나는
갈 곳 많은 개미가 부럽다.

4부
아빠 지갑은 텅 비었다

미안한 마음

영어 과외

임수연 2학년

한 달에 58만 원
20% 할인해서 46만4천 원
비싼 학원비 내고 다니는 가난한 예체능생
부산권 대학에 가기는 아깝고
서울권 대학을 가기는 모험인 성적
영어 점수가 내 발목을 잡아
어렵게 영어 과외 얘기를 꺼냈다.
최대한 싼 데 찾으라기에
미친 듯 밀려오는 과외 문자들에
구걸 아닌 구걸을 하며
과외비 깎는 내 모습이 불쌍하게 여겨졌다.
왜 나는 금수저 물고 태어나지 못했을까.
내가 하고 싶은 걸
하고 싶다고 말할 수 없고
배우고 싶은 걸
눈치 보며 말해야 하느냐고
엄마한테 막 따졌다.

한참을 베개에 고개 처박고
울고 나서야 깨달았다.
엄마도 가난한 집안에서 자라
학교도 못 다니고
열다섯 어린 나이에 공장 가서 돈 벌었는데
엄마는 이 악물고 살아왔는데
세습된 가난이 엄마 잘못은 아닌데
왜 나는 엄마 탓, 집 탓을 했는지
왜 엄마 가슴에 대못을 박았는지.

재영이

이의현 2학년

영어 연강 시간
단어 시험을 쳤다.
프린트를 잃어버려 난 단어를 외우지 못했다.
짝지 재영이는 다 외운 듯이
단어를 다 적었다.
자연스레 그 종이에 눈이 갔다.
하나둘 베끼다가
아차, 걸렸다.
영어 쌤이 나 민석이 재영이
모두 영점 처리한단다.
나만 베꼈는데
재영인 그냥 가만 있었는데
화가 날 법도 한데
재영이는 웃어 준다.

엄마

우정은 2학년

월요일 아침
엄마가 어제 교복을 늦게 빨아서
아직 축축하다.
빨리 나가야 하는데
드라이기로 교복을 말리면서 시간을 뺏겼다.
투덜거리며 신발을 신었다.
그러자 엄마가
"또 나를 괴롭히냐? 엄마가 좀 나았냐?"
문을 거칠게 열고
평소에 꼬박 하던 '다녀오겠습니다' 소리도
빼먹고 나왔다.
아차, 엄마가 아프다는 걸,
역류성 위염을 앓고 있다는 걸,
어젯밤에도 화장실에서 토를 했다는 사실을
또 잊고 있었다.
내가 나간 뒤
기침을 하고 있을 엄마 생각하며 걸었다.

아빠 지갑

심준보 2학년

아빠는 나에게 참 좋은 사람이다.
돈이 있든 없든
배고파 보이면 치킨을 시켜 주고
필요한 거 없나 물어보신다.
나는 이런 아빠에게 불만이 없었다.

그런데 요즘 들어 아빠가 힘든가 보다.
그냥 침대에 누워 티브이만 보신다.
처음엔 그런가 보다 했는데
우리랑 말도 없고 술만 먹고 들어오신다.

나는 그래도 아빠가 좋았다.
그런 어느 날 아빠가 치킨을 사 주신댄다.
나는 기분이 좋아져서
아빠가 지갑을 가져오란 말에
무심코 지갑을 열었다.

만 원짜리 두 장이 보였다.

그 두 장을 배달원에게 내고

거스름돈 2천 원을 받아 아빠에게 드렸다.

아빠는 남은 걸 용돈으로 쓰라 하셨다.

아빠 지갑은 비었다.

내 맘도 텅 비었다.

버스

성재웅 2학년

친구랑 영화 보고 버스 정류장에 섰다.
하염없이 버스를 기다리는데
오라는 버스는 안 오고
목에 갈증이 온다.
목마른 날 위해 물을 사 오겠다는 친구
친구가 간 사이에 반가운 버스가 온다.
어, 아직 안 왔는데, 안 왔는데 하면서
버스를 탔네.
미안하다.
어쩔 수가 없었다.
내가 느낀 갈증은 목이 아니라 다리였나.

친구 엄마

안성준 2학년

초등학교 때, 운동장에서 아이들과 눈 가리고 술래잡기를
하고 있었다. 한 친구가 술래가 되었다. 나와 남은 아이들은
걔한테 빗자루를 마구 던졌다. 원래 이러고 놀았지만 그 친
구한테 유독 심하게 던졌던 거 같다. 신나게 던지고 도망가
려 할 때 어떤 아줌마가 왔다. 아줌마가 소리쳤다.

"야, 너네 뭐해?"

"술래잡기 하는데요."

"너네 얘 괴롭히는 거 아니야?"

"아니요. 원래 이렇게 노는데요."

아줌마는 우리를 나무란 뒤 몇 번 뒤돌아보면서 운동장을
떠났다. 나는 술래였던 친구와 미끄럼틀에 앉아서 아줌마의
뒷모습에 쌍옛을 날렸다. 그리고 옆에 친구에게 물었다.

"누군지 아나?"

"우리 엄마다."

친구가 이 일을 아직도 기억할지 모르겠다. 까먹었으면
좋겠다.

상민이

김경준 2학년

시험 하루 전
상민이가 물리 프린트를 학교에 두고 왔단다.
밤늦게 상민이가 프린트를 찍어 달라고 했다.
최대한 사진을 잘 찍어 주려고 했지만
폰 화질이 너무 좋지 않았다.
그래도 보내 달라기에
좋지 못한 사진을 보냈다.
다음 날 물리 시험에 나는 백점을 받았다.
나보다 훨씬 물리를 잘하는 상민이는
점수가 낮았나 보다.
그것도 모르고 난 백점 받았다고 기분 좋다고
온 교실에 난리 치고 다녔다.
그러다 상민이 점수가 낮다는 걸 들었다.
당연히 나보다 잘하는 친구인데
사진을 잘 찍어 주지 못한 탓인 것 같았다.
물어보니 사진이 잘 안 보여서
어젯밤에 공부를 못했단다.

그 순간 할 말이 없었다.

엄마

하선주 2학년

아침에 바삐 학교 갈 준비하다가
책상 위에 두었던 학생증이 없어져서
엄마가 또 물건 치울 때 없어졌다 생각하고
엄마한테 학생증 어디 갔냐고 따졌다.
학교와 집 거리가 먼 데다
늦잠까지 자서
엄마한테 신경질을 내고 집을 나왔다.
지금 바로 가도 이미 지각이라
한숨 쉬면서 길을 걷는데
주머니에 뭘 넣은 적도 없는데 묵직하다.
손을 넣어 보니
학생증이 나왔다.

차 안에서

김민수 2학년

등굣길 아버지 차 안에서
나는 잠이 덜 깬 채 옆자리에 앉았다.
늘 듣는 아버지 말씀
"공부 잘돼 가고 있니?"
"뭐가 부족한 게 있니?"
아버지 말이 거슬리고 짜증이 났다.
"제발 잔소리 좀 그만하세요!"
"항상 하는 그 말 지겨워요!"
나도 모르게 버럭 튀어나와 버렸다.
차 안은 정적이 흐른다.
내가 지금 뭐 한 거지.
아버지한테 왜 그랬지.
속마음을 숨기려고
내 목소리는 점점 커져 간다.
차 안은 내 목소리로 꽉 찼다.
아버지 목소리도 점점 커져 간다.
차 안 분위기는 내 속마음과는 반대로 흐른다.

아침 밥상에서

최지현 2학년

아버지가 출근하고
어머니와 마주한 아침 밥상에서
미루던 얘기를 꺼냈다.
"어무이, 나 음악 학원 보내 주면 안 될까?"
내 말이 끝나기 전에
안 된다는 소리가 내 귀에 박혔다.
그러곤 우리 집 지출 내역을 읊는다.
"너희 아버지 큰 차에 들어가는 돈에
오빠 사고 친 거 보험료에
너 학교에 나가는 돈까지
잘 알면서 너까지 속 썩이지 마."
안 될 거라는 예상은 했지만
울컥해서 소리를 질렀다.
"우리 집 형편은 언제쯤 나아지는데?"
내 소리에 아침 분위기가 적막해졌다.
차마 어머니 얼굴을 쳐다보지 못하고 집을 나섰다.

새 옷

곽진향 2학년

며칠 전 엄마가 사 준 옷이
맘에 들어 날마다 입고 다닌다.
연극부 연습 갈 때도 새 옷을 입었다.
연극 배경으로 커다란 천에다 그림을 그리고
그 위를 아크릴 물감으로 칠하기로 했다.
하늘색 아크릴 물감으로 바탕을 채우고 있는데
새 옷에 물감이 묻어 버렸다.
물로 지우려 해 보았지만 지워지지 않았다.
집에서 옷을 씻어도 보았지만 잘 되지 않았다.
아침에 학교 가는 길에
엄마에게 전화를 걸었다.
"엄마, 얼룩이 안 지워진다."
화를 낼 거 같아 휴대폰 소리를 줄였다.
"괜찮다. 그 옷 내가 입고 새 옷 사 줄게."
"그걸 왜 엄마가 입는데?"
짜증을 내면서 전화를 끊었다.
다시 전화를 할까 말까 망설이며 학교로 걸어갔다.

치킨 먹으러 가는 길

전고운 2학년

연극부 연습을 마치고
애들이랑 치킨 먹으러 갔다.
비탈길을 한참 걸어 내려가는데
무거운 짐을 든 할머니가 올라오고 있다.
작고 까만 손으로
배추가 가득 담긴 손수레를 끌고
행여나 놓칠까 두 손으로 꼬옥 잡고 올라온다.
잠시 망설였다.
애들 앞에서 할머니 짐을 들어 드리는 게
부끄럽기도 하고.
그러다 할머니를 지나쳤다.
조금 더 걷다
아무래도 그 할머니가 신경 쓰여
치킨을 못 먹을 거 같았다.
"내 학교 가서 폰 좀 들고 올게."
뒤를 돌아 뛰어갔다.
할머니는 이미 집 앞에 가 있었다.

집으로 들어가는 할머니를 보고

나는 길을 돌아 돌아 아이들한테로 갔다.

껌

연산역 8번 계단으로 내려가는데
늘 그 자리에 쭈그려 앉아 있는
껌 파는 할아버지
그 앞에 멈춰 서서 지갑을 꺼냈다.
지갑에 얌전히 들어 있는
신사임당 한 장
할아버지는 이미 껌 하나 손에 들고
소처럼 맑은 눈으로 나를 쳐다본다.
어쩌지, 어쩌지 하다가
눈길을 외면하고
계단을 뛰어 내려갔다.
다음에 올게요 할아버지.

만 원

정은주 2학년

시험 전날
친구와 만나기로 약속하고
몰래 나갈랬는데
엄마가 눈치를 챘는지
어디 가냐고 묻는다.
도서관에 간다고 거짓말을 쳤다.
샤워를 하고 있는데
엄마가 화장실 문에 대고
만 원을 놓고 가니
맛있는 거 먹고
공부 열심히 하랜다.

이야기를 듣다

정석훈 2학년

밤 11시 넘어서
진혁이와 집으로 가는 길
연산초등학교 골목길을 들어서자
할머니 한 분이
시장바구니를 끌고 가다
우리를 부르셨다.

학생들, 중학생인가? 아! 고등학생인가?
학생들, 내 말을 들어 봐
나 이 근처에 사는데
부전시장에서 이거 팔아
그러면서 시장바구니를 보여 주셨는데
어두워서 뭐가 들었는지 보이지 않았다.

학생들 내 말 들어 봐
학생들은 공부 열심히 해야 해
부전시장에서 고기 한국산이라고 쓴 거 사면 안 돼

전라도산이라고 쓴 거를 사야 해
한국산이라고 쓴 거 한국산 아니야 안 좋아
학생들은 공부 열심히 해야 해

조금 있다 봉고차 한 대가 오더니
할머니, 학생들 피곤할 텐데 보내 주세요
아, 내가 피곤하게 했는가
나 이 근처에 저기 사는데
한국산이라고 쓴 고기 사면 안 돼
전라도산이라고 쓴 거 사야 해
학생들은 공부 열심히 해야 해

그러면서 우리 손에 돈 이천 원을 쥐어 주셨다.
괜찮아 공부할 때 뭐 사 먹어
할머니는 시장바구니를 끌고 그렇게 멀어져 갔다.

진혁이는 납치단의 수법이라 하고

나는 아니라고 하고
내가 할머니의 말을 들어 준 것은
할머니의 눈에서 외로움을 보았기 때문이다.
외로운 눈의 말벗이 되어 드리고 싶었다.

민우 핸드폰

강보승 2학년

보충수업 때
민우 핸드폰으로 게임을 하다
선생님한테 걸렸다.
민우가 하지 말라고 했는데
하다가 결국 뺏겼다.
민우는 머리끝까지 화가 났다.
나는 민우를 어르고 달랬다.
"야, 받을 수 있다.
저 쌤 어차피 주게 돼 있다."
그렇게 한 시간을 달랬는데
민우가 한마디 했다.
"니 미안하다는 말은 한마디도 안 한 거 아나?"

통화

강리나 2학년

학교를 마치거나
학원 마치고 집에 갈 때쯤이면
언제나 아빠한테서 전화가 온다.
"딸, 집이야?"
"딸, 야자 마쳤니? 오늘도 고생했어."
날마다 똑같은 물음에
나도 똑같은 대답을 한다.
"응."
오늘은 상냥하게 대답해야지
늘 생각만 하는 나에게
아빠는 오늘도 기회를 주신다.

보이지 않는 엄마의 마음

신희정 2학년

세월호 사건이 터지고 벌써 여섯 달이 지났다.
한동안 잠잠했던 세월호 이야기가
텔레비전에 나오고 있었고
엄마는 그걸 보고 있었다.
세월호에서 목숨을 잃은
단원고 학생 어머니가 오열하고 있다.
엄마의 눈시울도 붉다.
엄마한테 물었다.
"엄마는 만약에, 정말 만약에
내가 저렇게 됐어도 울었을까?
엄마는 안 그럴 것 같애."
그러자 엄마가 물기 촉촉한 눈으로 노려본다.
"넌 그걸 말이라고 하니?"
그러고는 다시 고개를 홱 돌려
텔레비전에 눈을 고정시켰다.

무용

서유진 2학년

토요일 저녁에
오랜만에 우리 식구가 모여 밥을 먹고 있었다.
아버지가 티브이를 끄고 물었다.
"유진아, 무용 잘 돼 가니?"
무용 시작하고 몇백 번은 들은 말이다.
무용에 얼마나 돈이 들어갔는지
아빠가 내 뒷바라지에 고생한다는 건 알지만
나는 내 허리가 아픈 것
발목이 아픈 것만 생각하고
그냥 "아! 씨발."이라고 욕이 나왔다.
아빠가 나에게 접시를 던졌다.
벽에 맞고 쨍그랑 박살이 났다.
그 뒤로 나는 방에 들어가고
아빠도 씻으러 가셨다.
그렇게 자고 다음 날
내 책상에 용돈을 올려놓았다.

춥다

김기환 2학년

우리 아버지는 우유 대리점을 하신다. 요즘 날씨가 추워지니 아침에 우유 배달할 사람이 딸린다고 했다. 밤에 과외를 끝내고 11시쯤에 컴퓨터를 켰다. 친구들과 게임을 하다 보니 어느새 2시가 되었다. 이제 자야지 하고 샤워를 했다. 그런데 나는 샤워를 해도 마지막엔 꼭 찬물로 헹구는 버릇이 있다. 씻고 누우니 오히려 잠이 깬 것 같았다. 나는 다시 컴퓨터를 켰다. 4시쯤 됐나. 화장실 쓰는 소리가 문 너머로 들려오고, 현관문 닫는 소리도 들렸다. 마우스를 잡고 있는 손이 춥다. 마음도 춥다.

할머니

조현홍 2학년

아침에 6시 30분에 일어나야
간당간당하게 지각을 안 할 수 있다.
오늘 할머니가 늦게 깨웠다.
너무 짜증났다.
일단 씻어야 되니
말없이 화장실에 들어갔다.
근데 점점 더 짜증이 나서
화장실에서 나오면서 소리를 질렀다.
"할머니, 왜 늦게 깨웠어요?"
할머니는 작은 목소리로 말했다.
"니가 너무 피곤해 보이길래
더 재우고 싶어서."

말 한마디

신지훈 2학년

일요일 이른 아침
할머니가 우리 집에 오셨다.
자고 있던 나는 인상을 쓰며 문을 열었고
퉁명하게 내뱉었다.
"할머니 왜 오셨어요?"
할머니는 몹시 언짢은 표정을 지으시면서
"왜 할머니가 싫냐?"
할머니는 들고 온 짐을 내팽개치고 돌아가셨다.
내팽개쳐진 검정 비닐봉지 속에는
내가 좋아하는 감과 먹을거리가 들어 있었다.
내 눈이 뜨거워졌다.

어머니

허진혁 2학년

중간고사 시험 점수를 받았다.

어머니에게 시험 점수를 말하였다.

"그럴 줄 알았지.

평소에 쉬엄쉬엄 하는 것 같더니."

"고등학교는 만만치 않아요."

힘없는 말에 왠지 모르게 가슴이 울렁거린다.

어머니는 따스한 두 팔과 손으로

내 몸을 꼭 감싸 주셨다.

산책

김효정 2학년

늘 집에만 있어 무관심해진

강아지와 집 앞 산책을 갔다.

어릴 때 데리고 나가 물린 뒤로

처음인 거 같다.

내가 키우자고 해 놓고

귀찮다고 놀아 주지도 않고 무관심했는데

잠깐 시간 내서

집 앞에만 데리고 나와도

이렇게 좋아하는걸.

시 쓰고 놀았던 행복한 시간

구자행

"아버지나 어머니, 학교 친구, 선생님, 길 가다 맞닥뜨린 모르는 사람도 좋고, 돌아보면 참 미안했던 일이 하나쯤 있을 거야. 그 장면을 붙잡아 써 보자."

늦가을 어느 금요일, 2학년 3반 교실에 가서 '미안했던 일'을 붙잡아서 시를 써 보자고 했다. 아이들은 모두 뜨아안 표정이었다. 마땅한 보기 시를 찾지 못해 바로 시 쓰기로 들어갔다.

쓰기에 앞서 두 가지만 당부했다. 미안했던 일을 쓰지만 시에는 '미안하다'는 말을 쓰지 말 것과 언제 어느 곳에서 벌어진 일인지 장면이 환히 드러나게 쓰라고 했다.

모두 진지하게 시를 써냈지만 그 가운데 시가 된 것은 몇 편 안 된다. 의현이가 쓴 '재영이', 경준이가 쓴 '상민이', 선주가 쓴 '엄마'란 시에 눈이 간다. 그래 이걸로 보기 시를 삼자.

아이들을 시 속으로 끌어들이자면 무엇보다 보기 시가 좋아야 한다. 펌프로 물을 자아올리자면 마중물이 필요하듯이. 윤선도의 〈어부사시사〉에 나오는 노랫말 한 도막이 생각났다. "밋기 곧 다오면 굴근 고기 믄다" 미끼가 좋으면 굵은 고기가 문다는 말이다.

영어 연강 시간/단어 시험을 쳤다./프린트를 잃어버려 난 단어를 외우지 못
했다./짝지 재영이는 다 외운 듯이/단어를 다 적었다./자연스레 그 종이에
눈이 갔다./하나둘 베끼다가/아차, 걸렸다./영어 쌤이 나 민석이 재영이/모
두 영점 처리한단다./나만 베꼈는데/재영인 그냥 가만 있었는데/화가 날 법
도 한데/재영이는 웃어 준다.

_'재영이' 이의현, 본문 110쪽

등굣길 아버지 차 안에서/나는 잠이 덜 깬 채 옆자리에 앉았다./늘 듣는 아
버지 말씀/"공부 잘돼 가고 있니?"/"뭐가 부족한 게 있니?"/아버지 말이 거
슬리고 짜증이 났다./"제발 잔소리 좀 그만하세요!"/"항상 하는 그 말 지겨워
요!"/나도 모르게 버럭 튀어나와 버렸다./차 안은 정적이 흐른다./내가 지금
뭐 한 거지./아버지한테 왜 그랬지./속마음을 숨기려고/내 목소리는 점점 커
져 간다./차 안은 내 목소리로 꽉 찼다./아버지 목소리도 점점 커져 간다./차
안 분위기는 내 속마음과는 반대로 흐른다.

_'차 안에서' 김민수, 본문 119쪽

아침에 바삐 학교 갈 준비하다가/책상 위에 두었던 학생증이 없어져서/엄
마가 또 물건 치울 때 없어졌다 생각하고/엄마한테 학생증 어디 갔냐고 따졌
다./학교와 집 거리가 먼 데다/늦잠까지 자서/엄마한테 신경질을 내고 집을
나왔다./지금 바로 가도 이미 지각이라/한숨 쉬면서 길을 걷는데/주머니에
뭘 넣은 적도 없는데 묵직하다./손을 넣어 보니/학생증이 나왔다.

_'엄마' 하선주, 본문 118쪽

의현이는 공부 시간에 짝지 재영이한테 미안했던 일을 붙잡았고, 민수는 아버지한테 벌컥 소리를 질러 놓고 뒷감당을 못 했던 일을 붙잡았고, 선주는 제 성질을 못 삭혀 엄마한테 성질부렸던 일을 붙잡아 썼다. 읽으면 모두 '그랬구나!' 하고 고개가 끄덕여진다.

좋은 보기 시가 마련되자 나도 신이 났다. 어서 공부 시간이 다가왔으면 싶고, 교실 문을 열고 들어설 때는 가슴이 뛰고, 교실에 들어가서도 싱글벙글 웃음이 나온다. 아이들이 물었다.

"선생님, 무슨 좋은 일 있으세요?"

"그래, 좋은 일 생겼지."

"무슨 일인데요?"

"좋은 미끼가 생겼거든."

그러면서 보기 시를 쭈욱 달아 읽어 주고 나서 물음을 던졌다.

"방금 읽은 시 세 편의 공통점은 무엇일까?"

여기저기서 답을 했다.

"시를 쓴 대상이 모두 사람이라는 거."

"산문시."

"미안함."

기다리던 답이 나왔다.

"모두 다 맞췄지만 내가 기다리던 답은 '미안함'이야. 세 편 모두 미안한 마음을 붙잡아서 시를 썼지. 그런데 어디에도 '미안하다'는 말이 있나요?"

"없어요."

"그런데도 시를 읽으면 시 쓴 사람이 미안해하는 마음이 느껴지

나요?"

"예."

그러고 나서 어느 시가 마음에 와 닿는지, 그 시 어느 구석이 좋은지, 시를 쓴 사람 마음이 담겨 있는 곳은 어디인지, 돌아가며 말해 보라고 했다. 아이들은 민수가 쓴 '차 안에서'를 좋아했다. 자기들도 민수와 비슷한 경험이 있다고 하면서, 자기가 잘못해서 미안한데 그런 속마음하고는 반대로 도리어 큰소리치고 더 짜증을 부리기도 했단다.

가람이는, 의현이가 쓴 '재영이'를 듣자마자 자기도 모르게 "우아! 보살이네" 하고 내뱉는다. 그렇지. 동무의 실수에도 싱긋 웃어 준 재영이는 정말 부처님 같아 보인다. 선주가 쓴 '엄마'는 아주 좋은 보기 글이 되었다. 그 뒤 많은 아이들이 '엄마'란 제목으로 시를 썼다.

> 월요일 아침/엄마가 어제 교복을 늦게 빨아서/아직 축축하다./빨리 나가야 하는데/드라이기로 교복을 말리면서 시간을 뺏겼다./투덜거리며 신발을 신었다./그러자 엄마가/"또 나를 괴롭히냐? 엄마가 좀 나았냐?"/문을 거칠게 열고/평소에 꼬박하던 '다녀오겠습니다' 소리도/빼먹고 나왔다./아차, 엄마가 아프다는 걸,/역류성 위염을 앓고 있다는 걸,/어젯밤에도 화장실에서 토를 했다는 사실을/또 잊고 있었다./내가 나간 뒤/기침을 하고 있을 엄마 생각하며 걸었다.
>
> _'엄마' 우정은, 본문 111쪽

시를 읽으면 기침을 하고 있을 엄마를 생각하며 걸어가는 정은이

모습이 절로 그려진다. 정은이에게 이 시 엄마 보여 드리라고 했더니, 수줍게 다음에 보여 줄 거라고 했다. 언젠가 정은이의 따뜻한 마음이 그대로 엄마 마음에 전해지겠지.

수연이 시는 읽다가 눈물이 났다. 시를 읽고 수연이에게 물었다. 이 시 다른 반 아이들한테 읽어 주어도 괜찮을지. 수연이는 고개를 끄덕였다.

한 달에 58만원/20% 할인해서 46만 4천 원/비싼 학원비 내고 다니는 가난한 예체능생/부산권 대학에 가기는 아깝고/서울권 대학을 가기는 모험인 성적/영어 점수가 내 발목을 잡아/어렵게 영어 과외 얘기를 꺼냈다./최대한 싼 데 찾으라기에/미친 듯 밀려오는 과외 문자들에/구걸 아닌 구걸을 하며/과외비 깎는 내 모습이 불쌍하게 여겨졌다./왜 나는 금수저 물고 태어나지 못했을까./내가 하고 싶은 걸/하고 싶다고 말할 수 없고/배우고 싶은 걸/눈치 보며 말해야 하느냐고/엄마한테 막 따졌다./한참을 베개에 고개 처박고/울고 나서야 깨달았다./엄마도 가난한 집안에서 자라/학교도 못 다니고/열다섯 어린 나이에 공장 가서 돈 벌었는데/엄마는 이 악물고 살아왔는데/세습된 가난이 엄마 잘못은 아닌데/왜 나는 엄마 탓, 집 탓을 했는지/왜 엄마 가슴에 대못을 박았는지.

_'영어 과외' 임수연, 본문 108쪽

한 반, 한 반 거듭할수록 보기 시가 늘어났다. 보기 시가 제법 많아지니 나는 더욱 신이 났고, 아이들은 공부 시간에 동무들이 쓴 시를 읽어 달라고 졸랐다. 끝내는 2학년 전체가 시 한 편씩 썼고, 크리

스마스를 앞두고 그 시들을 비닐 코팅을 해서 앞뜰에 매달았다. 동무들이 쓴 시 앞에서 시를 읽는 아이들 모습이 참 보기 좋았다. 교장, 교감 선생님도 시를 감상하셨고, 수능을 마친 3학년들도 시 앞에서 걸음을 멈추었다. 5층에서 공부하다 내려다보니, 순찰 돌던 경찰 두 사람도 아이들 시 앞에서 걸음을 멈추고 쭈욱 한 바퀴 돌면서 시를 감상하고 있다.

기말고사 마치고 아이들과 이렇게 시를 가지고 놀았다. 돌아보니 그 시간이 참 행복했다. 아이들도 나도 참 많이 웃었다. 지나고 나면 묻혀 버릴 일들이지만, 이렇게 시로 붙잡아 놓으니 두고두고 꺼내 볼 수 있게 되었다.

이 시집을 읽은 사람들이 아이나 어른 할 것 없이 모두 시 쓰는 기쁨을 누렸으면 좋겠다. 또 아이들을 가르치는 교사라면 이 시집을 보기 시로 삼아 아이들과 시 쓰는 시간을 가져 보면 한다. 흔히 말하는 '인성 교육'이란 것이, 아이들 마음속에 무엇을 집어넣어 주는 게 아니라, 아이들 마음속에 이미 있는 것을 끄집어내어 주는 일이다. 아이들과 시 쓰기를 한 번 해 본 사람이라면 절실히 깨달을 수 있지 싶다.

보리 청소년 10

생긴 대로 살아야지

2017년 1월 16일 1판 1쇄 펴냄 | 2020년 6월 2일 1판 4쇄 펴냄

시 부산 연제고등학교 학생 | **엮은이** 구자행

편집 김로미, 박세미, 이경희
디자인 이종희 | **제작** 심준엽
영업 안명선, 양병희, 조현정, 최민용
잡지 영업 이옥한, 정영지 | **새사업팀** 조서연
대외 협력 신종호, 조병범 | **경영 지원** 임혜정, 한선희
인쇄와 제본 (주)천일문화사

펴낸이 유문숙 | **펴낸 곳** (주)도서출판 보리 | **출판 등록** 1991년 8월 6일 제9-279호
주소 (10881) 경기도 파주시 직지길 492
전화 031-955-3535 | **전송** 031-950-9501
누리집 www.boribook.com | **전자우편** bori@boribook.com

잘못된 책은 바꾸어 드립니다.
값 9,000원

보리는 나무 한 그루를 베어 낼 가치가 있는지 생각하며 책을 만듭니다.

ISBN 978-89-8428-951-2 43810

이 도서의 국립중앙도서관 출판예정도서목록(CIP)은 서지정보유통지원시스템 홈페이지
(http://seoji.nl.go.kr)와 국가자료공동목록시스템(http://www.nl.go.kr/kolisnet)에서
이용하실 수 있습니다.
(CIP제어번호: CIP2016032611)